CATALOGUE

DE

FAÏENCES ANCII...

Composant la Collection de M. ___

OBJETS D'ART

ET

DE CURIOSITÉ

Porcelaines anciennes, Bronzes, Pendules, Meubles, etc. :

TABLEAUX ANCIENS & MODERNES

DONT LA VENTE AUX ENCHÈRES PUBLIQUES AURA LIEU

HOTEL DROUOT

SALLE Nº 4

LES LUNDI 14 & MARDI 15 MAI 1866

A UNE HEURE

Par le ministère de Mᵉ **CHARLES PILLET**, Cᵐᵉ-Priseur,
rue de Choiseul, 11,

Et de Mᵉ **HENRI LECHAT**, son Collègue,
rue du Faubourg-Poissonnière, 62;

Assistés de **M. FEBVRE**, Expert, rue Laffitte, 12,

Chez lesquels se distribue le présent catalogue.

EXPOSITION PUBLIQUE

Le DIMANCHE 13 Mai 1866, de une heure à cinq heures.

PARIS — 1866

EXEMPLAIRE DE H. STETTINER

CONDITIONS DE LA VENTE

Elle sera faite au comptant.

Les adjudicataires payeront *cinq pour cent* en sus des enchères.

L'exposition mettant le public à même de se rendre compte de l'état des objets, il ne sera admis aucune réclamation une fois l'adjudication prononcée.

DÉSIGNATION

Collection de M. CH***

Faïences de Rouen.

1 — Deux assiettes festonnées, bordures à cachemire; au centre, une corbeille de fleurs.

2 — Deux assiettes même genre, frises de fleurs sur fond bleu; au centre, un paysage chinois.

2 *bis* — Deux assiettes même décor, même bordure, au centre une corbeille de fleurs.

3 — Une assiette, décor rouge et bleu; au centre, un sujet chinois allégorie. Monogramme C. T.

4 — Très-belle assiette bordure cachemire quadrillée à guirlandes de fleurs; au centre, une corbeille de fruits et de fleurs.

5 — Gaand plat, le bord à palmettes, au centre un bouquet de fleurs sur rinceaux.

6 — Grand plat ovale à bord festonné, décor polychrome; au centre, un paysage avec sujet mythologique.

7 — Autre plat plus petit, même forme, même genre.

8 — Cinq assiettes décors divers.

9 — Quatre assiettes, décor bleu à pendentifs de fleurs.

10 — Deux assiettes, décor rocaille fin.

11 — Plat ondulé avec blason au centre.

12 — Petit plat à bord ondulé, frise bleue ; au centre, un blason soutenu par des lions.

13 — Plateau octogone à anses à jour à double frise, bouquet de fleurs sur rinceaux.

14 — Plateau octogone à piédouche, très-beau décor bleu à bouquets ; au centre, un cygne.

15 — Plateau à piédouche, décor bleu à palmettes et rosaces.

16 — Plateau hexagone, décor polychrome, anses à jour, bordure quadrillée ; au centre, un oranger.

17 — Compotier à bord ondulé, très-fine bordure ; au centre un carquois.

18 — Plat à bord dentelé, très-belle frise, anses à jour ; au centre un carquois.

19 — Grand plat ondulé, décor à la corne.

20 — Beau plat bordure quadrillée, paysage chinois. Marqué S.

21 — Assiette bord ondulé, avec fleurs et personnages chinois.

22 — Plat octogone et plat rond, frise de fleurs et palmettes sur fond bleu, au centre corbeilles de fleurs et fruits.

23 — Grand plat ovale à bord cannelé, frise et écusson de rinceaux.

24 — Quatre plats ovales à bords ondulés, décors divers.

25 — Deux plats octogones, décor bleu.

26 — Très-joli plateau à pieds forme carrée, double frises, au centre une riche rosace. Pièce rare.

27 — Un plateau support de forme cintrée riche décor bleu, frise et bouquets. Marqué **P.**

28 — Deux gargoulettes à panses aplaties sur deux parties; elles sont ornées de larges rinceaux en décor polychrome mêlé de mascarons, alternés de bandes. Le goulot offre quatre frises séparées par d'autres rinceaux. Pièces remarquables.

29 — Petit vase à panse enflée, très-richement décoré de rinceaux et de fleurs polychromes, décor imitant des faïences d'Urbino. Charmante petite pièce

30 — Petite coupe, pièce fort curieuse, décor bleu, au centre saint Jean-Baptiste et l'agneau.

31 — Jolie Théière à godrons, anses carrées, décor bleu. Rare.

32 — Soupière et son couvercle avec frise à quadrilles et bouquets de fleurs, décor polychrome finement exécuté.

33 — Porte-huilier, riche décor polychrome.

34 — Cuvette et pot à eau à canaux en relief, décor bleu très-fin, à palmettes. Marqué F.

35 — Jardinière à côtes saillantes, décor bleu très-finement exécuté, anses à têtes de femmes. Monture en étain. Marqué JE.

36 — Autre jardinière de forme carrée, décor bleu, avec mufles de lions.

37 — Grand bassin de fontaine. Le bas avec feuilles d'acanthe en saillie. Autour, une frise très-fine. A l'intérieur, un portrait de femme en relief en émail blanc. Dans le fond, des fruits et des rinceaux. Décor bleu. Très bonne pièce.

38 — Seau à anses, très-beau décor bleu.

39 — Petite coupe à épices à trois compartiments, décor dit rayonnant, d'une très-grande finesse. Charmante pièce.

40 — Très belle aiguière, décor bleu et pendentifs de fleurs.

41 — Support de croix, ornements rocaille, décor polychrôme.

42 — Saucière à anses à jour, décor bleu.

Faïences de Delft.

43 — Très-belle assiette ancienne qualité, imitation du Japon, décor rouge, vert, avec rehauts d'or.

44 — Autre assiette à bord ondulé, double frise, décor bleu et rouge, rehauts d'or

45 — Drageoir à six compartiments creux ayant la forme de cœurs séparés par une étoile creuse. Décor de fruits de rinceaux. Au centre, un paysage très-fin. Belle pièce.

46 — Plateau à piédouche. Sur le bord une large frise, au centre, un support avec vase de fleurs, décor bleu.

47 — Grand plat à ombilic saillant, décor bleu offrant trois frises et des personnages chinois.

48 — Jardinière de forme contournée, anses et rinceaux rocaille en saillie, décor bleu.

49 — Garniture composée d'une potiche et de deux cornets, côtés et encadrements saillants. Décor bleu.

50 — Gargoulette à panses aplaties sur deux faces, décor bleu très fin, avec fruits et bouquets.

51 — Deux vaches, décor polychrôme.

52 — Petit plateau à lobes creux, charmant décor bleu; au centre, une rosace

53 — Plaque représentant quatre personnages assis, décor bleu fin.

54 — Plateau à piédouche, décor bleu.

55 — Neuf assiettes. Divers décors bleus et polychrômes, les uns avec sujet, les autres imitant les porcelaines du Japon. Seront divisés.

56 — Grand plat, décor polychrôme à quatre médaillons de fleurs. Genre japonais.

Faïences de Haguenau.

57 — Chocolatière avec fleurs en relief et bouquets peints. Rare.

·58 — Très-joli sucrier, dessin rocaille, médaillon d'oiseaux imitant le sèvres.

59 — Jatte, son plateau et son couvercle, décor polychrôme, bouton formé par une pomme. Faïence dite d'Apprey.

60 — Plateau cintré décoré de fleurs.

61 — Porte-huilier, théière, moutardier; ces pièces décorées de fleurs

62 — Trois plateaux, décor de fleurs

63 — Trois assiettes, décors divers bleus et polychrômes.

Faïences diverses.

64 — Deux légumiers et leurs couvercles à côtes, boutons formés par des fruits, décor polychrôme.

65 — Coupe à fruits supportée par quatre caryatides terminées par des têtes de serpent reposant sur un socle décoré de fleurs.

66 — Assiette décorée de bouquets.

67 — Vase et son plateau à lobes, décor de fleurs, marqués d'une fleur de lis.

68 — Jet d'eau monté sur colonnes. La base est enguirlandée de fleurs polychrômes. Il est surmonté d'un baril et décoré d'une frise de raisins.

69 — Grand plat ondulé, avec bouquet de roses.

70 — Neuf pièces diverses : plats, coupes, assiettes. Seront divisés.

Faïences de Moustiers.

71 — Très-joli plat de forme cintrée, décor polychrôme. Au fond, paysage-marine et personnages.

72 — Petit vase, décor de raisins.

73 — Autre vase, camaïeu vert, décor Callot.

74 — Compotier à bord dentelé. Au centre, deux Amours, décor polychrôme.

75 — Assiette dentelée, décor bleu, palmettes et rosaces.

76 — Plat à bord festonné. Au centre, un bouquet de marguerites.

Faïences italiennes.

77 — Groupe en faïence d'Urbino, offrant un satyre donnant la main à une bacchante; décor polychrôme.

78 — Petite saucière, même fabrique, ornée d'une tête de chimère. Au centre, un Amour. Rare.

79 — Plaque, même fabrique. Encadrement avec médaillon représentant saint Roch et son chien.

80 — Petit plat ondulé, avec médaillons, oiseaux et bouquets de fleurs.

81 — Petit plat hispano arabe à reflets métalliques, orné d'arabesques.

82 — Plateau à piédouche, fabrique de Gênes, décor genre Callot.

83 — Petite coupe avec anses à jours, fabrique d'Urbino. Au centre, le Christ en croix, à ses genoux, la Madeleine.

84 — Petite coupe de même fabrique. L'Annonciation.

85 — Bouteille à côtes saillantes, faïence de Savone, décor bleu.

86 — Grand plat faïence de Savone. Paysage et cavaliers, décor bleu.

87 — Petite gourde en faïence de Venise, imitant une pierre dure.

88 — Petite écuelle à anses en faïence de Castelli.

89 — Très-beau vase de fabrique italienne, orné d'une double frise de personnages mythologiques. Armoiries, décor bleu.

90 — Très-beau plat offrant sur le bord une frise avec oiseaux et éléphants; au centre un blason.

91 — Grand plateau à piédouche, orné de fleurs et
d'arabesques, décor bleu.

92 — Vase reposant sur un rocher. Pièce en faïence
de Venise. Anses formées par des bouquets de
roses, décor polychrôme très-fin imitant le saxe.
Pièce curieuse.

93 — Ecuelle, son couvercle et son plateau, fabrique
italienne, décor de fleurs sur fond blanc. Bouton
avec fruit.

94 — Deux assiettes faïence de Milan.

95 — Une assiette faïence de Castelli.

95 bis — Très-beau plateau avec encadrement ; au
centre, un paysage et personnages ; très-fin. Décor
polychrôme.

Faïences de Nevers.

96 — Vase de forme cylindrique, décor blanc tigré
sur bleu de Perse.

97 — Grand cornet de même forme, riche décor,
personnages chinois.

98 — Gourde, forme curieuse, à deux goulots, ornée
de rinceaux. Chasseur. Monogramme B.

99 — Beau plat, avec frise de fleurs et d'oiseaux. Au
centre un support, un vase et des fleurs. Personnage chinois.

100 — Deux vases avec couvercles en faïence laquée. Personnages chinois, décor or sur fond rouge; provenance hollandaise.

101 — Vidrecome en ancien Delft monté en étain.

102 — Grand bol en faience de Delft.

103 — Petite soupière et son couvercle en Montpellier.

104 — Porte-bouquet faïence italienne, décor bleu.

105 — Pot à lait en ancienne terre de pipe anglaise.

105 bis — Très-beau plat de forme ovale à bord ondulé. Médaillons de fleurs genre chinois. Au centre, écusson de rinceaux. Fabrique allemande, imitant l'émail sur cuivre.

Porcelaines.

106 — Sucrier, son couvercle et son plateau, décor de fleurs Chantilly, pâte tendre.

107 — Trois autres plateaux de même fabrique.

108 — Petit plateau pâte tendre de Chantilly, décor bleu.

109 — Tasse et soucoupe pâte tendre de Chantilly, décor fleurs et oiseaux, polychrôme.

110 — Assiette gaufrée, fleurs, pâte tendre de Chantilly.

111 — Petite tasse et son présentoir en vieux Saint-Cloud.

112 — Pot à lait avec fleurs et feuillages en relief (blanc), vieux Saint-Cloud.

113 — Tasse et sa soucoupe, vieux Ménecy.

114 — Tasse côtelée vieux Ménecy et soucoupe Chantilly.

115 — Assiette en pâte tendre de Sèvres décorée par Vincent.

116 — Confiturier en pâte tendre de Sèvres, décor bleu turquoise moderne.

117 — Salière en pâte tendre de Sèvres, décor bleu turquoise moderne.

118 — Beau vase de forme ovoïde, pâte dure de Sèvres. Médaillons de fleurs et fruits sur un fond vert et or.

119 — Jatte à bouillon, son couvercle et son plateau, porcelaine présumée de Sèvres décorée d'arabesques. Portraits en grisaille de Conventionnels.

120 — Tasse et soucoupe Sèvres dur. Portraits de femmes en grisaille.

121 — Soupière et son couvercle en porcelaine de Luisbnrg.

122 — Dix assiettes en porcelaine de Hocht.

123 — Tasse et sa soucoupe en porcelaine de Frankental.

124 — Plateau en porcelaine allemande. Au centre, paysage grisaille.

125 — Assiette avec médaillons gaufrés et bouquet de fleurs.

126 — Tête-à-tête complet, fond vert. Médaillon grisaille, avec sujet dans la manière de Prud'hon.

Porcelaines du Japon.

127 — Petit plat orné de trois frises. Le centre céladoné avec fleurs sous émail.

128 — Petite théière.

Terres cuites et Grès.

129 — Deux épis de toiture en terre émaillée ; travail normand.

130 — Fontaine en grès émaillé, représentée par une femme en costume de Cauchoise.

131 — Ancien pot à vin, col à trèfle et figure de buveur.

132 — Lion tenant un porte-bouquet, grès émaillé ; travail flamand.

133 — Aiguière en grès flamand, ornée de feuillages en relief.

134 — Pot allemand en grès émaillé, orné d'une armoirie, couvercle en étain.

135 — Grès allemand. Vidrecome orné de trois frises saillantes.

136 — Grand vase, grès allemand, fleurs sur fond bleu.

137 — Petite chocolatière en terre cuite émaillée.

Verrerie.

138 — Bouteille en verre de Bohême, ornée de médaillons d'oiseaux gravés et aussi d'inscriptions allemandes.

139 — Carafe en verre de Bohême, ornements gauffrés.

140 — Beau verre : calice orné de paysages et frises gravés.

141 — Verre de forme conique, orné de fruits et figure finement gravés en creux.

142 — Autre verre plus petit, même forme et même travail.

143 — Verre allemand, orné de cabochons en relief.

144 — Un autre verre, de même forme, plus petit.

145 — Bouteille en verre de Bohême, avec ornements saillants.

146 — Lampe à double goulot en verre de Bohême.

147 — Flacon à côtes en verre opale et bleu (Venise).

148 — Une coupe à godrons en verre de Venise.

Objets divers.

149 — Porte-huilier en étain avec ses burettes, époque Louis XV. Travail allemand.

150 — Sucrier en étain avec blason. Travail normand.

151 — Boîte à couvercle, de forme lobée, cuivre repoussé, Louis XIII.

152 — Petite lanterne, même époque.

153 — Mouchettes, armoiries, même époque.

154 — Six petites cuillères et une pince à sucre en argent. Travail allemand Louis XVI.

155 — Quatre couteaux et une fourchette, manches en faïence.

156 — Deux fourchettes, manches en faïence, décor de fleurs, Louis XIV.

157 — Quatre couteaux et quatre fourchettes. Anciennes montures ivoire et argent.

158 — Une fourchette, monture ivoire et argent. Pièce curieuse.

159 — Couteau et fourchette, manche fer et cuivre repercé à jours.

160 — Ancienne fourchette, époque Louis XIII, manche en fer damasquiné d'argent.

161 — Ancien manche de couteau en ivoire sculpté : saint Jean-Baptiste.

162 — Rape à tabac. Bois sculpté, travail finement exécuté, Louis XIV.

163 — Autre rape beaucoup plus grande portant les armes de la ville de Paris, même époque.

164 — Boîte à coulisse en bois de Gayac, ornée de moulures guillochées, Louis XIII.

165 — Marbre jaune de Sienne. Copie du tombeau de Cornélius Scipion.

166 — Peinture espagnole. Moines adorant la Vierge et l'Enfant Jésus.

167 — Pyramide en marbre blanc, style égyptien.

168 — Deux vases en étain peint et vernis, Louis XVI.

169 — Boîte à jeu en laque munie de ses petites boîtes et de ses jetons en nacre gravé.

Meubles.

170 — Une commode, époque Louis XIV, bois de palissandre, ornée de bronzes dorés. Fort beau marbre.

171 — Un bahut Renaissance, orné de panneaux à sujets bibliques, de mascarons et supports.

172 — Table style Louis XV, marqueterie de cuivre sur écaille rouge.

173 — Quatre chaises, époque Louis XIII, couvertes en tapisserie ancienne, sujets représentant les Quatre Saisons.

174 — Un lit ancien en chêne sculpté.

175 — Une table en chêne entourée de godrons, pieds
et colonnes torses.

176 — Deux supports en bois doré et sculpté,
Louis XIV.

178 — Deux candélabres en bois doré et sculpté,
Louis XIV (formant jardinière).

178 — Un lustre, genre de Boule. Bronze doré, seize
lumières.

179 — Deux flambeaux en cuivre doré, Louis XIV.

180 — Belle portière en vieille toile de Jouy, doublée
et capitonée.

OBJETS DE CURIOSITÉ ET TABLEAUX

*Appartenant à M. M****

181 — Un Émail de l'époque de Louis XIII : Jésus parmi les docteurs.

182 — Pistolet oriental, monture en argent.

183 — Cachet en cristal de roche.

184 — Une Montre en or émaillé, Louis XVI.

185 — Ancien cachet en cornaline blanche, avec figure intaille, monture or et argent.

186 — Personnage du XVIᵉ siècle, figurine en bronze.

187 — Grande Jardinière à huit pans en malachite, monture en bronze doré.

188 — Grande Coupe en porcelaine, décor rose, avec médaillons d'oiseaux, monture en bronze.

189 — Assiette chine, monture en bronze.

190 — Table en bois noir, avec jeu d'échecs.

192 — Chiffonnier en bois de rose.

193 — Un Écran garni en damas rouge.

194 — Grande Fontaine en cuivre ayant la forme d'un vase.

195 — Lanterne d'escalier en bronze style Louis XVI.

196 — Suspension de salle à manger avec sa lampe.

197 — Deux Paires de flambeaux en porcelaine de Saxe.

198 — Deux petits Flacons en porcelaine fond vert, monture en bronze doré.

200 — Vingt groupes en figurines en porcelaine allemande et autres fabriques.

201 — Grand Bol en porcelaine du Japon.

202 — Potiche en japon, décor bleu.

203 — Vase même genre à quatre pans.

204 — Deux petites Potiches à couvercles en japon

205 — Deux Vases en porcelaine de Chine.

206 — Grand Cornet en porcelaine du Japon, décor bleu.

207 — Deux Jardinières en céladon de Chine.

208 — Deux Vases en porcelaine de Chine, fond rose, ornements gravés sur émail; ils sont ornés de figurines et de fleurs en émaux de couleurs.

209 — Quatre Assiettes en porcelaine céladonée ornées de papillons et de fleurs en émaux de couleur.

210 — Quatre Candelabres-appliques en bronze, trois lumières.

211 — Deux Flambeaux en bronze doré de l'époque de l'Empire.

212 — Deux Coquilles montées en bronze doré.

213 — Petite Pendule à colonnes Louis XVI en marbre et bronze doré.

214 — Petite Pendule moderne en bronze et marbre, dominée par une figure d'Amour.

215 — Pendule moderne en bronze doré et marbre blanc.

216 — Environ trente pièces en porcelaines diverses, plats, bols, tasses, etc.

217 — Trois Vases en terre de pipe, Louis XVI.

218 — Trois Potiches en faïence de Delft.

219 — Petite Tasse et son présentoir en faïence de Castelli, décor avec figures.

220 — Deux Assiettes en faïence de Rouen.

221 — Charmante Aiguière en faïence de Delft, décor de fleurs.

222 — Autre Aiguière en Delft, décor bleu.

223 — Environ quarante pièces en faïences anciennes de diverses fabriques; soupières, porte-bouquets, jardinières, saucières, etc.

224 — Deux Nappes en anciennes guipures de Venise.

Objets divers.

225 — Émaux, tabatières en porcelaine et émaux de Saxe, boîte en écaille, éventails, boîtes en laque, épée, etc., etc.

226 — Quatre Tapisseries de Beauvais : sujets bibliques.

227 — Quatre autres, oiseaux dans des paysages.

228 — Deux autres Tapisseries, même genre.

TABLEAUX ANCIENS & MODERNES

229 — ALEGRIN. Paysage historique.

230 — BERGHEN (École de). Animaux gardés par des pâtres.

231 — BOTHE (S.), 1770. Paysage.

232 — BASSAN (Genre de). Les Vendanges.

233 —   ID.   ID.   Les Travaux de la ferme.

234 — BEGYN (A.) Pâtres et Animaux.

235 — BAILLY (Genre de). Portrait de femme.

236 — BRASCASSAT (Attribué à). Vache au pâturage. Étude.

237 — BRASCASSAT (Attribué à). Moutons au pâturage. Étude.

238 — BOURGUIGNON. Choc de cavalerie.

239 — BRIL (Paul). Deux Paysages, effets de neige.

240 — CHARDIN (Genre de). Intérieur d'appartement, avec vieille femme et enfants.

241 — CANELLI. Marine.

242 — CARDELLÉ. Coq et Poules.

243 —   ID.   Famille italienne.

243 bis — CAFFI. Bazar turc.

244 —   ID.   Caravane égyptienne.

245 —   ID.   Vue de Constantinople.

246 — Coypel (Ecole de). Iphigénie.

247 — Drolling (Genre de). Intérieur.

248 — Franck (Ecole de). L'Archange Michel.

249 — Id Id. La Vierge.

250 — Gilloz (Attribué à). L'Avare.

251 — Guido Reni (École de). Le Sommeil de Jésus.

252 — Heem (École de De). Fruits et Homard.

253 — Leclaire (Léon). Soldats au bivouac.

254 — Leriche. Deux Dessus de portes, Fleurs et Instruments de musique.

255 — Lancret (École de). Conversations galantes, deux pendants.

256 — Latour (École de). Personnage devant son bureau.

257 — Lenain (Genre de). La Lecture de la gazette.

258 — Loo (Carle van). L'Adoration des Bergers.

259 — Lafosse (Attribué à). Vénus et l'Amour.

260 — Marne (De). La Plage et le Rocher d'Etretat. Composition capitale.

261 — Mignard (Genre de). Madeleine repentante.

262 — Poussin (École de). Paysage avec ruines.

263 — Raoux. Jeune Femme lisant une lettre.

264 — Ribera, dit l'Espagnolet. Le Christ aux liens.

265 — Roberti. Tête de paysan italien. (Aquarelle.)

266 — Id. Sainte Catherine et des saints, d'après Véronèse. (Aquarelle.)

267 — Roberti. Allégorie. (Aquarelle.)

268 — Rigaud. Buste de gentilhomme.

269 — Sarrasin. Paysage.

270 — Swanevelt (Attribué à). Paysage, site italien.

271 — Teniers (Genre de). Les Travaux de la ferme.

272 — Tiépolo (Ecole de). Allégorie mythologique.

273 — Topin (C.). Intérieur de village; dessin aux deux crayons.

274 — Uden (Van). Paysage avec figures.

275 — Id. Paysage, effet de neige.

276 — Vernet (D'après). Marine, gouache.

277 — Verdussen. Le Départ pour la chasse.

278 — Inconnus. Le Départ pour la Palestine.

279 — Id. Sujet mythologique.

280 — Id. La Vierge. (Pastel.)

281 — Id. La Madeleine. (Pastel.)

282 — Id. Le petit saint Jean.

283 — Id. Sainte Madeleine priant.

284 — Id. Deux Batailles.

285 — Id. Les Bergers offrant des présents à la Vierge et à Jésus.

286 — Id. Baigneuse dans un paysage. (Pastel moderne.

287 — Id. L'Annnonciation.

288 — Ecole italienne. Sainte Famille.

289 — ÉCOLE ITALIENNE. Saint Jean prêchant.

290 —   Id.   Hercule combattant le lion de
Némée.

291 — ÉCOLE FRANÇAISE. Portrait d'un jeune garçon.

292 —   Id.   La Vierge et Jésus.

293 —   Id.   Jeune Femme tenant une pe-
lote de fil.

294 — ÉCOLE ALLEMANDE. Le Christ en croix et les
saintes Femmes.

295 — ÉCOLE ALLEMANDE. Portrait d'un prince polo-
nais.

296 — ÉCOLE HOLLANDAISE. Paysage avec figures et animaux.

297 — ÉCOLE HOLLANDAISE. Moutons dans une prairie.

298 — ÉCOLE FLAMANDE. Le Sommeil de Jésus.

299 — ÉCOLE GRÉCO-RUSSE. Saint évêque bénissant.

300 — Plusieurs dessins anciens et modernes.

301 — Tête de Vierge d'après Raphaël. Dessin à la
sanguine.

302 — Les Bergers d'Arcadie. Ancienne miniature
d'après Poussin.

303 — ÉCOLE MODERNE. Le Départ pour le bal.

304 —   Id.   Jeune Femme à sa toilette.

305 —   Id.   Marine.

Renou et Maulde, imprimeurs de la Compagnie des Commissaires-Priseurs,
rue de Rivoli, 144.   52079